89!...

—

LES SOURIS

—

DANSONS

LA CAPUCINE

PAR

J.-B. CLÉMENT

—

1868

—

PRIX : **50** CENTIMES

EN VENTE

CHEZ DEFAUX, RUE DU CROISSANT, 8

Et chez tous les Libraires

89 !...

—

LES SOURIS

—

DANSONS

LA CAPUCINE

PAR

J.-B. CLÉMENT

1868

PRIX : 50 CENTIMES

EN VENTE

CHEZ DEFAUX, RUE DU CROISSANT, 8

Et chez tous les Libraires

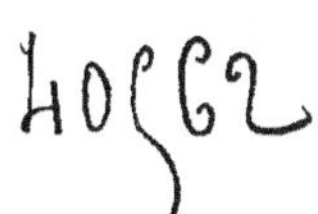

89!...

I

Avant quatre-vingt-neuf
On n'était pas un homme
Sans titre et sans argent,
Mais la bête de somme
D'un seigneur insolent,
Et notre pauvre France
Était dans l'indolence
Avant quatre-vingt-neuf...

II

Avant quatre-vingt-neuf,
De quelle pauvre race,
Tonnerre ! étions-nous donc ?...
Mais de tout on se lasse,
Et lançant un juron,
Le peuple débonnaire
Dans un jour de colère
Hurla quatre-vingt-neuf !...

III

Hurla quatre-vingt-neuf,
Et coupant les racines
Qui produisait les rois,
Sur le trône en ruines
Il inscrivit ses droits :
Un trône comme un saule
S'abat d'un coup d'épaule
Dans un quatre-vingt-neuf !...

IV

Dans un quatre-vingt-neuf,
La vengeance publique
Marche à pas de géants,
Et c'est la république
Qui jaillit de ses flancs :
Cette mère des mâles,
Qui fait peur aux gens pâles
Depuis quatre-vingt-neuf !

V

Depuis quatre-vingt-neuf
On a taillé les hommes
A même les granits,
Ceux du siècle où nous sommes
Sont déjà plus petits...
Pourquoi la décroissance,
Et n'est-on plus en France
Fils de quatre-vingt-neuf ?...

VI

Fils de quatre-vingt-neuf,
Ardents comme la foudre,
Vous construisez des lois,
Vous brûlez de la poudre,
Vous châtiez les rois !
Et, las de faux apôtres,
Vous en reprenez d'autres
Nés de quatre-vingt-neuf !...

VII

Nés de quatre-vingt-neuf,
Ils ont construit leur aire
Avec nos ossements;
Mais les flancs de la terre
En sont encore fumants !...
.... Si le peuple sommeille,
Gare qu'il se réveille
Comme en quatre-vingt-neuf !...

Septembre 186

----

89. Musique de Darcier, en vente chez tous les marchands de musique... Dépôt principal rue Neuve-des-Petits-Champs, 48, chez M. Léon Langlois.

DANSONS LA CAPUCINE

VIEILLE CHANSON

I

...Dansons la Capucine,
Le pain manque chez nous...
...Le curé fait grassé cuisine,
Mais il mange sans vous.
Dansez la Capucine
Et gare au loup,
You !...

II

...Dansons la Capucine,
Le vin manque chez nous...
...Les gros fermiers boivent chopine,
Mais ils trinquent sans vous.
Dansez la Capucine
Et gare au loup,
You !...

III

...Dansons la Capucine,
Le bois manque chez nous...
...Il en pousse dans la ravine,
On le brûle sans vous.
Dansez la Capucine
Et gare au loup,
You !...

. . . .
. . . .
. . . .

I

...Dansons la Capucine,
L'esprit manque chez nous...
...L'instruction en est la mine,
Mais ça n'est pas pour vous.
Dansez la Capucine
Et gare au loup,
You !...

II

...Dansons la Capucine,
L'argent manque chez nous...

...L'Empereur en a dans sa mine,
Mais ça n'est pas pour vous.
Dansez la Capucine
Et gare au loup,
You !

III

...Dansons la Capucine,
L'amour manque chez nous...
...La pauvreté qui l'assassine
L'a chassé de chez vous.
Dansez la Capucine
Et gare au loup,
You !

. . . .
. . . .
. . . .

I

...Dansons la Capucine,
La misère est chez nous...
...Dame Tristesse est sa voisine
Et vous en aurez tous.
Dansez la Capucine
Et gare au loup,
You !

II

...Dansons la Capucine
La tristesse est chez nous...
...Dame Colère est sa voisine
Et vous en aurez tous.
Dansez la Capucine
Et gare au loup,
You !

III

...Dansons la Capucine
La colère est chez nous...
...Dame Vengeance est sa voisine,
Courez et vengez-vous !
Dansons la Capucine
Et gare au loup,
You !...

Décembre 186

———————

Dansons la Capucine, musique de Darcier.

LES SOURIS

Les souris
Ne sont pas bégueules ;
Aux souris,
Gens de Paris,
Laisserez-vous manger les meules...
Les meules
Aux riches épis !

*
* *

Dur est le temps, cher est le pain,
Les enfants gémissent la faim,
L'homme travaille comme un nègre
Et s'abreuve avec du vin aigre.
Cependant j'ai vu, mes enfants,
Bien des tonneaux pour les vendanges,
Beaucoup de gerbes dans les granges,
De grandes meules dans les champs.

*
* *

Puisque le pain passe vingt sous,
Que nous avons des faims de loups,
Aux gros fermiers allons apprendre
Que nous ne voulons plus attendre.
Ho! faites battre votre grain :
Quand, tiraillé dans la poitrine,
Le peuple crie à la famine,
Il faut répondre par du pain!...

*
* *

Les souris font joyeux repas
Et c'est nous qui ne mangeons pas...
Qui dit peuple, dit bonne bête!
Oui, mais parfois il a sa tête :
Holà! des blés! ou, gros fermier,
Crains que la faim donnant les fièvres,
Nous allions tous, la mort aux lèvres,
Te l'arracher sans le payer!...

*
* *

Souvenez-vous, accapareurs,
Que la famine a ses horreurs :
Au peuple pris par les entrailles,
Il faut de grandes funérailles!

Quand à sa faim on ne répond
Que par le glaive et l'insolence,
Plein d'une farouche éloquence,
Le peuple parle avec du plomb !...

*
* *

Et le plomb ça rend bien méchant,
Le plomb ça fait couler du sang,
Ça met la furie à la bouche,
Ça détruit tout ce que ça touche !
C'est au plomb, formidable voix,
Qu'il faut qu'on cède et qu'on réponde,
Et que les maîtres de ce monde
Se brûleront toujours les doigts !

*
* *

Ho ! plus de meules dans les champs
Qui pourrissent au mauvais temps,
De greniers pleins jusqu'aux fenêtres,
Le blé n'a que la faim pour maîtres !
Allons, gens de mauvaise foi,
Faites que le pain diminue,
Ou nous descendrons dans la rue,
Dans la rue où le peuple est roi !...

*
* *

En cette France de renom,
Le peuple est doux comme un mouton :
Pourvu qu'il mange et qu'il sommeille,
On le gouverne par l'oreille ;
Mais qu'on rogne sa part de pain,
Il se lève comme un seul homme,
Et, pareil aux bêtes de somme,
Il mord au sang quand il a faim !...

Les souris
Ne sont pas bégueules !
Aux souris,
Gens de Paris,
Laisserez-vous manger les meules,
Les meules
Aux riches épis.

Août 1867.

Les Souris, musique de Darcier.

BROUILLARD

Avec les débats de la chambre
Viennent les froids et le brouillard ;
Cela me rappelle décembre
Et les crimes de Dumollard...

Je ris des débats de la chambre,
Je crains les froids et le brouillard,
Je n'aime pas le deux décembre
Et je déteste Dumollard !

Pourvu que le brouillard qui tombe
Ne rejette pas dans la tombe
L'avenir qui nous tend la main,

Et que, vivants, nous puissions faire
Un beau printemps républicain
A notre France poitrinaire !...

22 *octobre* 1868.

AU PAYS DU SOLEIL

Aux yeux de l'Europe étonnée,
Le pays du soleil et des gais boléros
Chante sur le cercueil de ses pâles bourreaux
Une Marseillaise effrénée !

*
* *

Nous autres, les bâtards d'un peuple de héros,
Nous traînons, sans broncher, le boulet qui nous pèse,
Et nous chantons des boléros
Au pays de la Marseillaise !

5 octobre 1868.

PIERRE

I

Voilà Pierre qui sème... Il regarde la terre
A laisser deviner qu'il en est amoureux...
O terre! admire donc l'encolure de Pierre,
C'est un rustique amant, tu ne peux choisir mieux.
Ils sont rares, dit-on, dans le siècle où ncus sommes!
Du blé, Pierre, du blé, sème, inonde son flanc!
Mais ça n'est pas assez, sèmes-y de ton sang
    Qu'il y pousse des hommes !...

3 novembre 1868.

J. CLÉMENT.

8581. — PARIS. — TYPOGRAPHIE ALCAN-LÉVY, BOULEVARD DE CLICHY, 62.